E. CORTAMBERT

QUELQUES

FABLES

RACONTÉES A MES PETITS-ENFANTS

« Vos leno consilium et datis, et dato,
« Gaudetis.... »

(HOR.)

✳✳✳

PARIS

LIBRAIRIE HACHETTE ET Cie

BOULEVARD SAINT-GERMAIN, 79

—

1872

E. CORTAMBERT

QUELQUES

FABLES

RACONTÉES A MES PETITS-ENFANTS

« Vos lene consilium et datis, et dato
« Gaudetis.... »

(HOR.)

PARIS
LIBRAIRIE HACHETTE ET Cie
BOULEVARD SAINT-GERMAIN, 77

1872

1

LUCIE, MARIE-LOUISE, MATHILDE ET LUCIEN

Chers enfants,

Je vous dédie ces historiettes, qui vous apprendront quelques vérités, en vous amusant peut-être.

Je les ai composées dans mes rares moments de loisir, c'est-à-dire pendant mes promenades et mes insomnies : car, en homme de devoir, je n'aurais pas voulu consacrer à ces petites fictions un temps qui eût pu appartenir aux travaux plus sérieux d'une vie très-occupée.

C'est donc une sorte de récréation qui m'était permise, et je vous l'offre, en espérant qu'elle en sera une pour vous.

Ce sera dans tous les cas un souvenir de votre vieil ami, de celui qui suit avec amour votre éducation, et qui vous adresse, du fond de son cœur, toute sa tendresse paternelle.

E. Cortambert.

TABLE DES FABLES

LE PAPILLON ET L'ARAIGNÉE

Dans un jardin rempli de fleurs,
Un léger papillon errait à l'aventure ;
Il était émaillé des plus riches couleurs.
Fier de sa brillante parure,
Il l'étalait tantôt sur l'œillet parfumé,
Tantôt sur le jasmin, le lis, la scabieuse ;
Enfin dans mille endroits un calice embaumé
Arrêtait sa marche joyeuse.
Ce petit voyageur charmant
Sur une rose
A peine éclose
Se posait gracieusement,
Quand de la jeune Emma la main vive et légère
Allait de cette fleur cueillir le frais bouton,
Pour le joindre au bouquet qu'elle apprête à sa mère.

Elle admire le papillon,

Et suspend sa course folâtre

Pour ne pas effrayer ce bel hôte : soudain

Elle aperçoit sur l'arbuste voisin

Un insecte aux longs bras, à la teinte brunâtre,

A l'aspect triste, au corps velu,

Qui, sur un fil mince et tendu,

S'élance, rapide, farouche,

Et saisit une pauvre mouche,

La roule, la pétrit sous ses pieds vigoureux,

L'ensevelit dans les replis nombreux

D'une cruelle soie, et la suspend sans vie

Au milieu du réseau de sa toile ennemie.

« Quelle horrible araignée ! Est-il possible, ô dieux

S'écria l'aimable étourdie,

Qu'on trouve au même endroit cet animal hideux

Et cet autre si beau ? Va, meurs, monstre odieux ! »

Elle écrase aussitôt la malheureuse bête,

Qui, près de voir finir sa vie et ses travaux,

Par un dernier effort levant un peu la tête,

Exhale sa plainte en ces mots :

« Ingrate enfant ! Ton jugement inique

Sera puni du ciel.... Hélas ! oui, je suis laid,

Et ce fier papillon sans doute est magnifique.

Mais vois-tu ce poirier dont le bon fruit te plaît ?

Ses rameaux décharnés, dépouillés de feuillage,

Annoncent sa ruine et sa prochaine mort ;

    Eh bien ! ce malheur est l'ouvrage

Des larves de celui que tu vantes si fort.

    Regarde, leur troupe innombrable

Entoure et souille encor la tête vénérable

De l'arbre précieux par ton père planté.

    Et moi, dont tu blâmes peut-être

    Une apparente cruauté,

Je passais tout mon temps à faire disparaître

    De ton jardin les êtres malfaisants,

Ceux qui nuisent à l'homme, à ses fruits, à ses champs.

Voilà donc de mes soins la digne récompense ! »

D'un tel discours touchée, Emma pleura, dit-on,

L'insecte infortuné, maudit son ignorance,

    Et chassa le beau papillon.

Le vulgaire méprise un travailleur utile,

Et suit l'homme brillant, dangereux et futile.

LE MELON

Sur un de ses melons les plus appétissants,
Le jardinier Thomas vit un jour apparaître
Deux peuples fort nombreux d'insectes malfaisants
Qu'un beau soleil d'été venait de faire naître.
    C'étaient, l'un, des pucerons verts,
    L'autre, de rouges cochenilles.
    Or, les deux rivales familles
Troublaient de leurs débats ce petit univers,
Et se livraient parfois des batailles sanglantes.
Pourquoi cette querelle et ces rudes combats ?
    C'est un point que maître Thomas
Désirait éclaircir : ses études savantes
    Sur les fruits, les bois et les plantes,
    Et sur les divers animaux
Qui vivaient aux dépens de ses chers végétaux,

En avaient fait un profond personnage,
Un docteur révéré de tout le voisinage :
De la nature il approfondissait
Les plus secrètes lois, et même il connaissait
Des insectes, des fleurs le curieux langage.
Il s'approche donc doucement,
Il écoute attentivement,
Et voici ce qu'il crut entendre.
Le général des verts haranguait ses soldats :
« Magnanimes guerriers, vous que, dans cent combats,
J'ai conduits à la gloire, et qui savez défendre
Votre roi, votre honneur, ma puissance et mes droits,
Souvenez-vous, amis, de vos brillants exploits,
L'univers tout entier vous contemple, il admire
Vos immenses succès et notre vaste empire.
En avant donc ! marchons sur nos vils ennemis ;
Qu'en ce grand jour encor votre ardeur me seconde,
Et nous sommes demain les seuls maîtres du monde ! »
Les bataillons émus répondent par des cris,
Et volent au combat, pleins d'un bouillant courage.
Le chef du peuple rouge enflammait à son tour
De ses nombreux guerriers la belliqueuse rage :
« C'est aujourd'hui, dit-il, qu'il faut montrer l'amour
Que la patre   inspire aux âmes généreuses.

Encore une victoire, et par votre valeur
L'univers délivré de chaînes odieuses
Bénira de nos lois la force et la grandeur ! »
Un immense hourra répond à l'orateur,
On s'ébranle, on s'agite, on court à la bataille....
    Cependant notre jardinier
    Riait de l'orgueil singulier
    De deux peuples de cette taille ;
    Leurs étranges prétentions
    D'être de grandes nations,
    D'une bravoure formidable,
    Et d'une puissance capable
    De faire trembler l'univers,
Amusaient fort le savant personnage.
Rappelé toutefois par les travaux divers
    De son précieux jardinage,
    Il crut plus utile et plus sage,
    Au lieu d'écouter davantage,
De se débarrasser de ses nouveaux voisins ;
    Et de son souffle, de ses mains,
Balayant du melon la rugueuse surface,
Il eut bientôt détruit la pauvre populace.

    Maintenant, ô sages humains,

Dites, connaissez-vous quelque part dans l'espace

    Certain globe, dont ce melon,

    Avec sa population,

    Vous offre une image fidèle ?

Ces empires puissants, dont la gloire immortelle

    Remplit l'univers ébloui ;

    Ces redoutables républiques,

Ces royaumes brillants, ces États magnifiques,

Qui jettent leur splendeur jusqu'au ciel ébahi ;

    Que sont-ils, je vous en conjure,

    A travers l'immense nature ?

    Rien, moins que rien, moins que le vermisseau

    Sur ce melon, dont j'ai fait le tableau.

    Si ce melon n'est qu'un point sur la Terre,

La Terre n'est qu'un point dans la nature entière,

    Et Dieu, c'est le grand jardinier

    Qui, sur ce point voyant régner

    Tant d'orgueil et tant d'insolence,

    D'un geste arrête ce vain bruit ;

    D'un souffle il disperse et détruit

Ces insectes enflés de leur folle puissance.

LA CHAUVE-SOURIS

Par un beau soir d'été, vers cette heure charmante,
    Où du soleil la lumière mourante
Répand sur la nature un jour mystérieux,
    Deux bons époux et leur douce famille
    Assis au pied d'une épaisse charmille,
      Respiraient l'air délicieux
      D'une campagne solitaire.
Une chauve-souris vient passer tout près d'eux.
Soudain les trois enfants jettent un cri : « Mon père,
Dit la jeune Louise, explique-nous pourquoi
Cet animal volant inspire tant d'effroi ;
Quels sont donc ses défauts ? Je vois que tout le monde
A peur de sa présence : est-il cruel, immonde,
Ou dangereux pour nous ? Fait-il beaucoup de mal ? »
— « Nullement, mon enfant, répond le sage père ;

Ta crainte est sans raison : c'est un pauvre animal
Fort innocent, fort doux, et qui ne fait la guerre
Qu'aux petits moucherons, aux importuns cousins,
A tout ce peuple ailé des nuisibles insectes.
La gentille hirondelle a les mêmes instincts ;
Tu l'aimes, cependant, elle, tu la respectes
    Comme un oiseau béni des cieux,
Tu fêtes son retour, et tu suis avec joie
    Les sillons vifs et gracieux
Qu'elle trace dans l'air en poursuivant sa proie.
    Eh bien ! écoutez, mes amis,
    Voici tout simplement la cause
De cette injuste haine et de ce grand mépris
    Pour la pauvre chauve-souris :
C'est que, pour voltiger, elle attend la nuit close.
    Dans le trou profond d'un vieux mur
    Durant tout le jour retenue
    Par la faiblesse de sa vue,
Elle s'échappe enfin de son réduit obscur
    Quand l'heure du soir est venue,
Et que tout à vos yeux s'attriste et s'assombrit.
Alors vous ignorez son aspect et sa forme ;
Dans une vague image égarant votre esprit,
Vous croyez voir un monstre effroyable et difforme.

Si la pauvrette, au lieu d'errer pendant la nuit,
Voyageait dans les airs quand la lumière est belle,
Vous l'aimeriez, sans doute, ainsi que l'hirondelle.

Cette chauve-souris doit être, mes enfants,
Pour vous l'utile objet de deux enseignements :
Elle montre d'abord que les têtes légères
Méprisent aisément les choses étrangères
    A leur trop modeste savoir;
    Et puis elle peut faire voir
    Que, pour être aimé dans la vie,
    Il faut se montrer au grand jour,
    Sans obscurité, sans détour,
Tel qu'on est, le cœur franc et l'âme épanouie. "

L'HOMME, LE DAUPHIN ET L'HIRONDELLE

Des bords riants de l'Italie
Un vaisseau s'avançait vers l'antique Hispanie ;
Il voguait lentement ; l'air était calme et pur,
Et de la mer, au loin, rien ne troublait l'azur.
Cette plaine des eaux, transparente et polie,
Offrait un doux aspect, et l'œil du voyageur
De l'abîme, aisément, perçait la profondeur.
On pouvait voir la foule vagabonde
Des muets habitants de l'onde
Errer, jouer, folâtrer et bondir,
Monter, descendre, et reparaître, et fuir.
Mollement penché sur la poupe,
Un passager prenait plaisir
A suivre les ébats de cette humide troupe ;
Il admirait surtout un agile dauphin

Qui du navire accompagnait la trace

Avec une constance, une ardeur, une grâce,

Dont fut touché notre homme : « Ah ! que l'orgueil humain

Ne vante pas, dit-il, les vertus de sa race ;

Aucun être, chez nous, n'égale celui-ci ;

    C'est avec raison qu'on le nomme

    Le sauveur et l'ami de l'homme.

    Voilà, sans doute, un véritable ami !

Et quelle affection plus désintéressée,

Plus pure que la sienne ! A son attachement

Il n'impose aucun prix.... Cet être, assurément,

    Offre à notre espèce insensée

Le modèle d'un noble et loyal dévoûment. »

Alors une petite et noire volatile,

    Qui, suspendue au mât voisin,

Profitait prudemment de ce commode asile,

Pour achever sans peine un voyage lointain,

Se permit de répondre au profond personnage.

(C'était une hirondelle, instruite, fine et sage,

La même apparemment qui, dans les champs plantés

De ce chanvre fatal dépeint par La Fontaine,

Prodigua des conseils si bons, si mal goûtés).

« Homme aveugle, dit-elle, oh ! oui, la race humaine,

Sans doute, est peu sensée, et tu montres combien

Elle distingue mal l'ami pur et sincère
Du flatteur égoïste, ami de votre bien.

   Ce dauphin, dont le caractère
T'inspirait tout à l'heure un si beau compliment,
Quel est-il, je te prie ? Un avide gourmand,
Qui suit votre navire avec tant de constance,
Pour saisir les débris tombés de vos repas.
Ainsi, vous accordez une ample confiance
A ceux qui, trop souvent, ne la méritent pas,
Et vous nommez vertu la douceur hypocrite

   Du plus effronté parasite. »

2

LA LINOTTE ET LE CAMPAGNOL

Dans un bosquet touffu d'aubépine fleurie,
Une linotte, jeune, élégante, étourdie,
Du matin jusqu'au soir à plein gosier chantait.
Exempte de soucis, de travaux et de crainte,
Très-peu de l'avenir elle s'inquiétait,
Et des moments présents jouissait sans contrainte.
  Près d'elle, un petit campagnol
  Avait creusé son logis dans le sol.
Prévoyant, économe, il travaillait sans cesse
  A remplir ses longs souterrains
  De fruits, de racines, de grains :
  Douce et précieuse richesse,
  Qu'il recueillait aux champs voisins,
Pour nourrir sa famille au temps de la froidure.
  La linotte lui dit un jour :

« Vous vous mettez à la torture,

Mon cher, pour enrichir votre sombre séjour;

Vraiment vous m'inspirez une peine sincère;

Ce travail incessant, cette existence austère,

Sont dignes de pitié : pourquoi ne pas jouir

Du temps si court, hélas ! que nous avons à vivre ?

Profitons des instants que le ciel nous délivre.

Votre esprit, inquiet d'un obscur avenir,

Se tourmente en mille manières,

Et croit ne voir jamais assez

De ces trésors à grand'peine amassés

Dans vos ténébreuses tanières.

Que ne faites-vous comme moi ?

Je suis plus heureuse qu'un roi;

Je chante, je m'amuse et jouis de la vie....

Ah ! je plains votre sort ! » — « Mon excellente amie,

Reprit l'industrieux rongeur,

Votre pitié, sans doute, annonce un très-bon cœur;

Mais que votre bonté sur mon sort se rassure :

Je suis très-heureux, je vous jure;

Permettez-moi de trouver mon plaisir

Le plus doux, le plus désirable,

Dans ce travail à vos yeux misérable.

Ainsi, chacun de nous paraît savoir jouir.

La principale différence

Entre votre bonheur et le mien, la voici :

Pour vous seule, ma chère, est votre jouissance,

Et moi, je fais goûter la mienne à maint ami,

Sans compter ma douce famille. »

La linotte répond à ce discours sensé

Qu'elle croit son voisin avare, intéressé,

Et que c'est, au contraire, elle-même qui brille

Par la pure amitié, la générosité,

Le dévoûment, la libéralité.

Le prudent campagnol, jugeant qu'il était sage

De ne pas discuter sur ce point davantage,

Courut continuer ses utiles moissons.

La linotte reprit ses joyeuses chansons.

Mais bientôt, dans son gai ramage,

Ce gentil hôte du bocage

Fut brusquement interrompu

Par le retour inattendu

De la fauvette, son amie,

Qui, par un autour poursuivie,

Avait longtemps erré dans la prairie,

Pour se soustraire au cruel ravisseur.

Enfin elle avait pu gagner ce sûr asile,

Et, dans ce moment difficile,

Elle implorait le soutien de sa sœur,

Car, de faim, de frayeur, de fatigue épuisée,

Elle allait mourir de besoin,

Si de son sort on n'avait soin.

L'autre, cordiale, empressée,

Lui fait l'accueil le plus charmant ;

Elle veut soulager son triste dénûment ;

Mais, hélas ! ce n'est qu'un vain zèle :

Nul grain, nul vermisseau, pas le moindre aliment

N'était en réserve chez elle ;

Rien, rien, pour soutenir sa compagne fidèle.

« Ah ! dit-elle, courons chez notre bon voisin ;

Sans doute il ouvrira son riche magasin

A ma trop malheureuse amie. »

Elles abordent donc le petit moissonneur,

Qui les reçut fort bien. La linotte, ravie,

Put rendre ainsi la fauvette à la vie,

Grâce aux soins, à l'excellent cœur,

Et surtout à l'économie

De celui que naguère elle-même accusa

D'être dur, intraitable, avare, *et cætera*.

Ce n'est pas tout : quand la saison des pluies,

Des frimas, des froids rigoureux,

Vint couvrir de son deuil les champs et les prairies,

L'imprévoyant oiseau se trouva trop heureux
De pouvoir implorer un abri tutélaire
Dans cet asile ténébreux,
Qui n'était, disait-il, qu'une affreuse tanière.

Nous concluons de tout ceci
Que le prodigue est un stérile ami,
Qu'il vaut mieux travailler que chanter, et qu'en somme,
Pour être généreux, il faut être économe.

SAVANT, L'ORANGE ET LES CIRONS

Un savant docteur en physique,
Inventeur renommé d'un instrument d'optique
Qui grandissait au moins mille fois les cirons,
Venait de mettre au jour un cornet acoustique
Qui mille et mille fois multipliait les sons.
  Il dirigea vers une orange
Son puissant microscope, et le spectacle étrange
Qu'offrit à ses regards la surface du fruit,
  Charmait, captivait son esprit.
  Sous la lentille grossissante,
  C'était l'image saisissante
Du terrestre séjour : là, des pics élancés ;
Ici, de frais vallons, ou de riantes plaines,
Ou de vastes plateaux ; ou des rocs entassés,

Et des monts sourcilleux formant de longues chaînes.

. Sur le flanc de l'un de ces monts,

Il aperçoit un petit groupe

D'êtres courant, sautant comme de vrais démons.

Un plus grand dirige la troupe.

Ce sont des écoliers, sans doute,

: Qui s'en vont, sous l'œil protecteur

D'un sage et savant professeur,

Visiter le pays, contempler la nature,

Étudier du sol la secrète structure,

Et s'amuser chemin faisant.

Oui, c'est cela : les voilà ramassant

Maints objets, qu'ils portent au maître ;

Puis se penchant au bord des abîmes profonds,

Promenant leur lunette aux lointains horizons,

Admirant le coup d'œil champêtre

Et le pittoresque séjour

Qui s'étend partout à l'entour.

Le tableau de ce petit monde

Intéressait beaucoup notre physicien ;

Mais il voudrait savoir quel langage est le sien,

Et quels raisonnements cette demeure ronde

Voit régner chez ses gens. Sont-ils sages ou fous ?

Sont-ils meilleurs ou plus méchants que nous ?

Posant donc sur ce fruit son cornet acoustique,
Le savant peut saisir distinctement des mots
  Que, grâce à ses nombreux travaux
  Sur les langues des animaux,
En clair et bon français aisément il explique :
  « Monsieur (disait au professeur
Un de ses écoliers, à l'air un peu moqueur),
  Dans le cours de géographie,
Vous nous disiez hier que notre fruit est rond ;
Mais vous fîtes sans doute une plaisanterie.
Comment croire que c'est possible ? Certes, non,
Ils ne peuvent produire une forme arrondie,
Ces abîmes, ces rocs, ces sublimes horreurs.
C'est une masse informe et tout irrégulière. »
— « Voilà le jugement d'une tête légère,
Répond le sage maître : Eh bien ! souvenez-vous
Que ces puissants amas, si grands auprès de nous,
  Ne sont rien pour le globe immense
  Où nous plaça la Providence.
Que sommes-nous, chétifs, sur ce vaste séjour ?
Il faut un bien long temps pour en faire le tour,
  Et vous saurez qu'un tel voyage
  Demande un assez grand courage.
J'ai pu l'exécuter ; j'ai couru maint danger ;

Mais j'en suis revenu plus instruit et plus sage.

Lorsque vous-même, enfant, vous pourrez voyager,

Faites sur notre orange un tour scientifique,

Et vous vous convaincrez de sa forme sphérique.

Quand on vit sans connaître, on n'est jamais qu'un sot.

Pour comprendre le monde, il faut le voir de haut. »

Le savant borna là son étude acoustique ;

Il sourit, et se dit : « Vraiment, pour un ciron,

Ce raisonnement est fort bon. »

LES DEUX FOURMIS

D'un pas rapide et très-pressé,
Une fourmi laborieuse
Gravissait d'un profond fossé
La pente raide et rocailleuse,
Pour regagner, au champ voisin,
Le séjour de sa république.
Elle rencontre en son chemin
Un grain de blé bien rond, bien plein.
Quelle trouvaille magnifique !
Quelle bonne provision
Pour la petite nation !
Mais ce poids est lourd ; comment faire
Pour traîner ce pesant fardeau
Jusqu'à la tête du coteau
Où s'élève la fourmilière ?

Elle s'épuise en maint effort ;

En vain, autour de son trésor,

Elle meut ses pattes agiles

De çà, de là ; soins inutiles !

Elle voit avec désespoir

Qu'il faudra laisser à sa place

L'énorme et précieuse masse....

Mais elle vient d'apercevoir

Une compagne, non loin d'elle,

Qui, pleine d'ardeur et de zèle,

Court à quelque important labeur.

Elle aborde aussitôt sa sœur,

Approche d'elle ses antennes,

Donne un petit coup sur les siennes,

Et l'avertit dans son langage

Que, près de là, gît un bagage

Des plus riches, mais des plus lourds ;

Elle demande son secours.

L'autre, empressée et complaisante,

Offre son aide diligente :

Alors toutes deux, unissant

Leurs forces, leur ardent courage,

Se mettent ensemble à l'ouvrage,

Et soulèvent le corps pesant,

Et puis, à travers les montagnes,
Les précipices, les vallons,
Que forment, pour nos deux compagnes,
Du terrain les moindres sillons,
Elles l'emportent, non sans peine,
Tombant et roulant maintes fois;
Elles arrivent toutefois,
Et font part de leur bonne aubaine
Au petit peuple, tout joyeux
De ce retour si fructueux.

La morale de cette histoire
N'est pas nouvelle, assurément;
Mais peut-on, à votre mémoire,
La rappeler trop fréquemment,
Chers enfants? Peut-on trop redire
Qu'il faut s'entr'aider et s'aimer?
Ah! que toujours votre âme aspire
Au bonheur si doux de calmer
Les souffrances et les misères
De vos amis et de vos frères!
Dans l'épineux et dur sillon
Que trace le cours de la vie,
Combien nous bénissons l'amie

Ou le fidèle compagnon
Dont l'âme à la nôtre est unie,
Et qui, partageant nos travaux,
Nos soins, nos fatigues, nos maux,
Porte avec nous ce lourd bagage,
Et charme un si rude voyage !

LE JARDINIER, LA TAUPE ET LE FRAISIER

Ce jardinier Thomas, dont j'ai dépeint naguère
Le merveilleux savoir et les rares talents,
Reçut pourtant un jour des conseils excellents
  Et toute une leçon sévère
  D'un modeste petit fraisier.
  Un matin donc, le jardinier,
Venant faire sa ronde et, selon sa coutume,
Soigner la moindre fleur et le moindre légume,
Vit remuer le sol au milieu d'un carré.
Un petit monticule y soulève sa tête,
S'enfle, et de ses débris souille un terreau sacré.
  « Ah ! dit Thomas, maudite bête !
Affreuse taupe ! Attends ! je vais trancher tes jours,
  Et t'empêcher de nuire pour toujours.
Je connais mon métier, et ma main exercée
A terminé le sort de plus d'une insensée
De tes sœurs : que ce soit aussi ta juste fin ! »
Il prépare sa bêche, il va frapper : soudain
Un malheureux fraisier, à la fleur languissante,

A la tige penchée, à la feuille mourante,

Lève une tête frémissante,

Et s'écrie : « Arrête, cruel !

Tu vas donner le coup mortel

A mon sauveur, à cet excellent être

Qui fait la guerre aux ennemis

De ton jardin ; apprends, ô mon illustre maître,

A connaître nos vrais amis :

Dévoré par un ver perfide,

Je sentais s'avancer la mort triste et livide,

Quand la taupe a détruit l'animal odieux ;

Et tu vas la punir de ses soins généreux !

Arrête, dis-je, et sois reconnaissant et juste. »

Ce discours ébranla le personnage auguste

Qui régnait sur les fleurs et les fruits de ces lieux ;

Il épargna la taupe, il laissa la colline

S'élever librement, et rendit grâce aux dieux

De voir ses chers fraisiers sauvés de la ruine,

Et l'un d'eux l'éclairer de ses sages conseils.

Que de gens ont besoin d'enseignements pareils,

Pour distinguer les vrais services

D'obscurs et loyaux travailleurs

Qui, pour tout prix de leurs labeurs,

N'obtiennent trop souvent que de cruels sévices !

EXTRAIT DU CATALOGUE

DES OUVRAGES DE M. E. CORTAMBERT

Petite géographie illustrée. 1 vol. in-18, cart. en
percaline anglaise. . . . .   80 c.

Petite géographie illustrée de la France.
1 vol. in-18, cartonné en percaline anglaise.. . . . . .   80 c.

Les trois règnes de la nature. 1 vol. in-12,
avec 213 gravures. . . . . 1 fr. 50

Le Globe illustré. Géographie générale, accompagnée
de nombreuses gravures et de cartes gravées par Keith-
Johnston, 1 vol. in-4°. . . . . 4 fr.

Petit atlas élémentaire, de 22 cartes, gravées par
Keith-Johnston.   75 c.

Typographie Lahure, rue de Fleurus, 9, à Paris.

www.ingramcontent.com/pod-product-compliance
Lightning Source LLC
Chambersburg PA
CBHW060910180626
46818CB00004B/1909